Werner Färber

Geschichten
vom kleinen Detektiv

Illustrationen von Silke Voigt

Bibliografische Information Der Deutschen Bibliothek
Die Deutsche Bibliothek verzeichnet diese Publikation
in der Deutschen Nationalbibliografie;
detaillierte bibliografische Daten sind im Internet
über *http://dnb.ddb.de* abrufbar.

Der Umwelt zuliebe ist dieses Buch
auf chlorfrei gebleichtem Papier gedruckt.

ISBN 3-7855-5291-2 – 1. Auflage 2005
© 2005 Loewe Verlag GmbH, Bindlach
Umschlagillustration: Silke Voigt
Reihenlogo: Angelika Stubner
Gesamtherstellung: L.E.G.O. S.p.A., Vicenza
Printed in Italy

www.loewe-verlag.de

Inhalt

Omas Brille

Tom, der kleine , klingelt

an der seiner .

„Wie schön, dass du kommst!",

ruft Oma freudig. „Du kannst mir

helfen, meine zu finden."

„Aber gern", sagt der kleine

und schaut zuerst auf Omas .

Oma hat ihre  nämlich

schon oft gesucht, obwohl sie sie

auf der  hatte. Diesmal hat Oma

die  allerdings nicht auf.

„Was hast du heute gemacht?",

fragt der kleine  .

„Ich bin aufgestanden und habe

gefrühstückt", antwortet seine  .

Tom sucht im , im ,

unter dem und unter

allen . Nirgendwo

ist die  zu finden.

„Dann habe ich mir die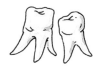

geputzt und die  gekämmt",

erzählt Oma weiter. Tom sieht

unter dem  nach, im

und zwischen den . Nichts.

„Und weiter?", fragt der .

„Als ich mit dem rauswollte,

fand ich meine nicht",

antwortet die ratlos.

Tom blickt auf Purzel.

Der  schläft friedlich in

seinem . Der schaut

aus dem . Es regnet wie

aus . Damit ist Tom klar,

wo die 👓 ist.

Vorsichtig fasst der  unter

Purzels  und zieht die

hervor. „Bitte sehr", sagt Tom und

überreicht sie seiner .

Der kluge hat sie stibitzt,

damit er nicht im spazieren

gehen muss. Aber so leicht kann

man den kleinen

nicht überlisten!

Geheimnisvoller Schmutzfink

Der kleine  hat sich gut getarnt.

Mit seiner grünen , der

grauen  und der grünen

ist er hinter den kaum zu

sehen. Tom bewacht eine , die

ständig umgekippt wird. Der

ist immer auf der verstreut.

Wer steckt dahinter? Ein

mit , und blitzblanken

 nähert sich der . Nein,

dieser wird die wohl

kaum umstoßen. Oder etwa doch?

Der bleibt stehen und hebt

den  an. Er wirft aber nur

eine weg. Kaum ist der

verschwunden, kommen drei

mit ihrem  auf die .

Rumms – schießt einer die

um! Die  sehen sich

erschrocken an. Überrascht

beobachtet Tom, dass die

den wieder einsammeln.

Es wird dunkel, und der kleine

will schon aufgeben, als es in

den 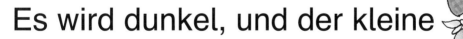 raschelt. Ein

trottet über die  .

Ohne zu zögern stößt das

die um und verteilt den

über die ganze  . „Hau ab!",

ruft Tom und klatscht in die  .

Das  jagt davon.

Für heute war der kleine

erfolgreich. Was er tun kann,

damit das  nicht wieder

kommt, muss sich Tom allerdings

erst noch überlegen.

Das Puzzle

Der kleine ![] sitzt am ![] und

legt ein ![] . Noch ein ![] ,

und er ist fertig. Es ist aber

kein ![] mehr übrig. Tom sucht

unterm ![] , blättert die ![]

durch, schaut unter den ![] .

Er sieht unter dem ![] nach.

Obwohl sich der fragt, wie es

da hingekommen sein soll, sucht

er sogar auf der . Er geht

zum  und tastet zwischen

den dicken .

Leider reichen seine  nicht

tief genug. Tom holt den

und steckt den in die .

Das lange des reicht

tief zwischen die .

Aber weshalb brummt der

heute so merkwürdig? Ist er

verstopft? „Auch das noch",

grummelt der missmutig.

Er baut den  auseinander und

leert den  auf den  .

Einige  , ein  und

Mamas fallen heraus.

Nur kein . Erst als Tom

kräftig in das  pustet, purzelt

das fehlende  auf den .

Total verstaubt, aber unversehrt.

Es passt noch immer genau

ins . Mit sich und der

zufrieden, baut der den

wieder zusammen und saugt

den  spurlos sauber.

Zwei Fälle auf einen Streich

„Aus meinem  verschwindet

eine nach der anderen",

beklagt sich die von

gegenüber beim kleinen .

„Ich kümmere mich darum",

sagt Tom. „Ich muss nur schnell

mein holen."

Kaum ist er im  , klingelt

das  . Jasmin berichtet Tom,

dass sie täglich eine auf

ihrer findet. „Ich möchte

wissen, wer mir die  hinlegt."

„Das bekomme ich schon raus",

sagt Tom. Er klettert auf einen

und richtet sein  auf

die . Lange geschieht nichts.

Nur ein  baut direkt über

Toms ein und

zwitschert aufgeregt. „Halt deinen

 ", flüstert der . „Von dir

will ich doch nichts."

Endlich kommt ein in

den  . Er schneidet mit

seinem eine  ab und

eilt davon. Tom klettert vom

und folgt dem .

Der  legt die auf

Jasmins  und will schnell

wieder abhauen. Doch der

fängt ihn am  ab. „Nicht so

schnell! Weshalb klaust du

und legst sie hier auf die  ?"

Der 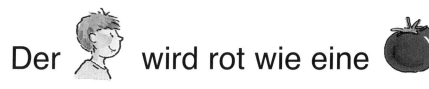 wird rot wie eine .

„Weil ich Jasmin gern habe",

stammelt er. „Warum sagst du ihr

das nicht?", fragt der .

„Ich traue mich nicht", antwortet

der  kaum hörbar. „Dann erfährt

sie es eben von mir", sagt Tom.

„Bitte nicht", meint der . „Ich

sag es ihr doch lieber selbst.

Und was passiert jetzt wegen

der geklauten  ?"

Der  denkt kurz nach.

„Versprichst du mir, nie

wieder  zu stehlen?"

Der  nickt. „Gut", sagt der .

„Dann erzähle ich der , dass

ihre wieder sicher sind."

Damit ist allen geholfen, und

dem  fällt ein großer

von seinem verliebten .

Die Wörter zu den Bildern:

 Detektiv

 Stühle

 Tür

 Zähne

 Großmutter

 Haare

 Brille

 Wasch-
becken

 Nase

 Zahnputz-
becher

 Bett

 Handtücher

 Kühlschrank

 Hund

 Tisch

 Hundekorb

Fenster

 Mülltonne

 Eimer

 Müll

 Decke

 Wiese

 Regen

 Mann

 Mütze

 Hut

 Jacke

 Mantel

 Hose

 Schuhe

 Büsche

 Deckel

Bananen-schale

 Schrank

 Jungen

 Teppich

 Fußball

 Lampe

 Wild-schwein

 Sofa

 Hände

 Kissen

 Puzzle

 Finger

 Puzzleteil

 Staub-sauger

 Zeitung

 Stecker

Steckdose

 Rose

 Staub-
sauger-
beutel

 Frau

 Münzen

 Fernglas

 Radier-
gummi

 Haus

 Ring

 Telefon

 Welt

 Treppe

 Garten

 Baum

 Rohr

 Vogel

 Nest

 Tomate

 Schnabel

 Stein

 Taschen-messer

 Herz

 Gartentor

Werner Färber wurde 1957 in Wassertrüdingen geboren. Er studierte Anglistik und Sport in Freiburg und Hamburg und unterrichtete anschließend an einer Schule in Schottland. Seit 1985 arbeitet er als freier Übersetzer und schreibt Kinderbücher. Mehr über den Autor unter ***www.wernerfaerber.de***.

Silke Voigt wurde 1971 in Halle/Saale geboren. Sie hat in Münster Grafik-Design und freie Kunst studiert und arbeitet seit 1995 als freiberufliche Grafikerin und Illustratorin. Mit viel Humor zeichnet sie besonders gern lustige und freche Bilder für Erstlesebücher. Kein Wunder, dass sie das so gut kann, denn schon mit vier Jahren hat sie alles, was sie sich gewünscht, aber nicht bekommen hat, einfach aufgemalt. Heute lebt Silke Voigt mit ihrem Mann und ihren Kindern in der Nähe von Münster auf dem Land.